偽神的密林

ㄩㄐ

沒有的，尚未的，不曾的，無的，廢的，否定的，一面以空缺作為尺度，一面以此質問自己不能確定的事物，以便逼近。他顯然懷疑神，卻十分篤定有即使窮極經驗過一切也無法理解的東西；這是給懷疑詩的人的詩集。

——詩人　**蕭詒徽**

像踩在剛剛開始凝固的岩層上，ㄩㄐ的詩偵測到了我們如何動搖。那些清爽意象其實偷偷藏著刺，在閱讀中突擊。

——詩人　**楊佳嫻**

ㄩㄐ的詩歌同時擁有火的質地和水晶的結構——彼此平衡，不失乖張，恰如其分，引導出對智性或創作的思辨。連貫的抒情口吻是他的殺招——你說他在抒發都市生活的苦澀，我說他在迷惑對物質世界感到好奇的人。

——詩人　**曹馭博**

偽神林立的時代，神似乎格外遙遠而羞怯。作為瀕危物種，神或許並非因為知識帶來的除魅而隱退，會不會真實狀況剛好完全相反，神是因著對理性的輕視而滅絕？碰撞，解理，重新捏塑，ㄩㄐ在詩中反覆甄別神與偽神，逼近一切剛剛發生的瞬間。

——詩人　**栩栩**

ㄩㄐ的詩句有一種試探的姿態，像是試圖在日常生活中找出世界運行的卡榫。於是，在詩裡可以看見他的身影：質疑、迂迴、協商。對於世界的質疑亦是對自己存在的疑惑，他說：「我沒有敵人／因為我找不到自己」。另一方面來看，ㄩㄐ的書寫又似不斷翻折的紙翻花，整個世界在他的詩句裡逐漸地變形，卻也展示了某種真實的樣貌。

——詩人　**林餘佐**

捷運上的敘述者

唐捐

1

在這麼晚的年代寫詩，我們都是遲到者。早鳥有優惠，晚來也不無好康。

依我偏見，大部分的好詩都被早鳥註冊了，並不全然因為他們來得早，就爽爽佔住上游的風。在戰後初期的荒原情境裡，詩是解藥是浮木是發光處垂下的繩索，詩人在文字琢磨上心神以之，遂多獨得的祕境。實在說來，他們也曾是遲到者，但就有那麼幾個厲害的角色，忽然縱馬疾馳，甩開現在與這裡的拘執，超越同時代與同世代的人云亦云，一意做先鋒。

所謂「詩的復興」可以區分為許多層面，看是市場的，技藝的，主題的，風格的，還是活動的？不宜混沌莫辨，或以其一而概其餘。「太陽花世代」的詩與詩學，目前似尚無生動有力的剖析。我總覺得在厭世風、天然獨、社群媒體傳播等要點之外，必還有什麼繁複的訊息可說。像ㄩㄐ這樣的新詩人，有才力，有策略，正可以激發我們對於今代詩藝的思考。

他特具自我編輯的能力，善於闡釋各篇「之間」的關聯，常能布置一些高於個別篇章的線索。我想，詩人並非把詩都寫好了，才開始進行這項工作；極可能一邊書寫個別篇章，一邊（虛擬地）畫出整體藍圖，兩路齊發，相互牽動。《偽神的密林》這本詩集，不是簡單的以體裁或主題來聚攏作品，而是巧妙地交織、印證或重寫，並合成一套「完整的寓言」。

這是一座符號的密林（熱帶的），鳥獸奔走，草木在生長，而且有神（假的）。這兩個頑固隱喻（「密林」與「神」），一個是場景，一個是游移於對象與主體之間的奇異成分。詩集裡的「我」，敘說了一段到雨林裡遊歷的往事：

在一種全然的意識的放鬆裡，我長年接收刺激的感官終於得以紓緩。那並非童年時簡單的無聊，而是接近刻意的隔絕，陌生的置放。沙巴的雨林於我，應當是遙遠而無交集的空間，我卻在這裡找到安適的熟悉感。

這是一篇生動的散文，充滿詩意的細節，卻又極為冷靜。在雨林裡精心尋索，或許可以看到猛然閃現的扁頭豹貓；無心之際，卻也能夠偶遇悠閒踱步的大象。詩人沒有輕易放過這個密林體驗，而是讓它成一座意象的銀行，在許多神思遄飛的時刻，為詩提供豐美的支援。

2

抒情是霸道，假如你並不關心詩藝。牠如虎似狼，須加以控管。

ㄩㄐ在詩集裡，刻意張揚「敘述」這個看似平常的動詞，便有些意思可說。明明寫的是「都市」裡的人我關係，他卻總結為「敵我敘述」，那種警戒、矛盾與追逐，又隱然觸及「叢林」的情境。詩人的能耐便在於，通過「敘述」去建構餘味無窮的結構，或交織，或疊合，而非強勢指定A為B。

〈遷徙〉曾獲大獎，最能說明ㄩㄐ呼叫遠方支援眼前狀況的技法。「雨」可能是ㄩㄐ的巫術媒介，能夠啟悟、入幻、布置迷離的氣氛。佔據列車之一隅，這是城市的日常，但緜緜的「雨季」卻帶來「莽原」的想像，打開一個非常視域。人類的通勤移動，竟呼應著遠方「牛羚的踏足聲」。試摘錄第二段的後半與第三段的前半如下，以見其推演：

租屋套房到公司到沒想法而遷就的小便當店
車廂漸漸被填滿時你猜想
他們也都是坐了一輩子的人

嬰兒椅課桌椅人體工學椅
所有人都知道列車會把自己載往哪裡
雨季。新生的草在腳底下隱隱抽動

車廂是各種房間的總和，處境是各種椅子的變化，詩人把這樣的體悟戲劇化。他彷彿能夠縮天節地，使歷時性的種種事物輕巧凝聚為一體。兩個段落之間，斷而復續，音義自然伸展。好幾個句子都特具延展力，前段的「坐了一輩子」引發後段的椅子，「草在腳底抽動」則加強了奇幻感，預備更深一層的馳想。

ㄩㄐ不太使用迴行，但思緒的斷續離合歷歷可尋。他的句式較為繁複多變，但語調舒緩，又有明快的推進感。這便是「敘述」之功了，只知抒發或表態者，恐怕不能企及。〈街景：颱風將至〉也是一首從日常細節中提鍊哲思的佳作，場景已見於題目，詩的開端描寫偶然在「手搖飲料店」充當「四十四號客人」，然後才是第二段的詠歎：

然而我竟想起了你，A·G，在正午的生鮮超市
冰櫃淨空，走道塞滿了人類
——泡麵！餅乾！小孩子奔跑！
每一塊肉都死了，還沒有說完這一生的謊
番茄鮮紅、小黃瓜翠綠
只根莖類還在冰冷裡活著
我路過：是我殺的、是我殺的

這裡既有敘述，又有因物起興的精神蕩漾。敘述可以生產「動作」與「情節」，好處多多；但過於拘執的話，會連得太緊密，有瑣碎之弊。也正是有感發與蕩漾，詩句才能跳躍起來，恣其狂迷之力。中間那一行，有夠霸道的。但你看他怎樣布置場景，設想情節，烘托氛圍，然後才賺得這發飆的時刻。

3

流浪的神（如果還活著），ㄩㄐ說，或許就「任由細雨沖刷」吧。

神有時像這樣，被擬人化或降格，或為颱風夜的流浪漢或為與鷹犬對抗的暴民。但更多時候，就是一種靈氛，洋溢著未知性，因而在若干幻妙的當下，他便說彷彿「有神」。〈大義〉這首詩比較特別，確實涉及廟裡的神，但焦點實是受苦的海龜。雖然詩語頗帶反諷，但傻事是人幹的，神或能提出不在場證明。

在「抵抗睡眠」的對峙狀態下，詩人覺得自己也在抵抗神。面對那不能解釋的，他稱之為「神的海」。仔細想來，這個「字眼」還是有過於輕便之處，雖然我知道它有串連與扣題的作用。惟有超越慣性的修辭，而在有機結構裡形成敘述或象徵之必然，居之而安，字詞乃有質量。有些時候甚至不必呼喊其名號，它就悄悄降臨了。

輯三裡的〈膠體、天體、運動〉，取材不凡，同時講著天體的物理學與神話，最能展示知識與詩交會的美味。在古早的時候，「人類尚未誕生，星座／尚未以抽象的符碼，原始而極簡／串連神與歷史、恆星與恆星」。詩人好像伴隨著「膠體溶液」在宇宙中游泳，穿越冥冥的時間與空間：

我們微小而仍易於被看見
如陽光下的粉塵。牛奶。咖啡
與墨。卜筮手法迅速退化，文字攤於
日益細密的紙上
色彩絢麗。仍未沉澱，因有
不止歇的碰撞、竄逃、隨機失序

依照注腳的提示，我們知道這首詩的許多段落，涉及一種叫做「布朗運動」的物理現象。詩人既要把知識生動地展布開來，又要進行隱喻化，擴大其指涉。同樣是「文明初啟」的主題（可以包含詩、愛情與神話），隱喻系統的更新變化，便有機會提供新視域。

我說，晚來也不無好康，指的正是吸納前人經驗，根據自己的時代感受、知識與性情去發揮創意。都市書寫是ㄩㄐ這本詩集顯著的成就。這塊領域在上個世紀，曾有羅門、林彧、林燿德等少數先鋒經之營之；新世紀的二十年，隨著生活型態與物質環境的演進，又在臺北文學獎等活動的推波助瀾之下，捷運車廂、摩天大樓、超商與 U-bike 更為全面且自然地出現在新世代詩人筆下。前面提到的〈遷徙〉，既在這個潮流之中，也有獨造的境地。

或許都市書寫這個分類標籤也漸漸失效了，一旦詩人具有濃烈的都會性格，運思動情，莫不如是。憑此性格，便可以多重主題與方法組合起來。像〈室內植物〉這首詩，敘寫某男子的一日，用的是電力的梗。〈屬火的人〉從請房東更換瓦斯爐寫起，逐步擴張火的意義，照出孤獨的存在感。〈氣象預報〉為「愛」營造出溼熱的氛圍，重點是利用「預報」這個概念，演繹了昨日與明日的矛盾。

在這些詩裡，ㄩㄐ針對屬於他的世代的情感與生活，提出種種細膩的闡釋，頗富物質性與當代感。與「回家」相關的字詞，快要比神還多了。看來都市做為一座密林，不僅是符號層次的，同時也是一種存在處境。詩人正在通過詩，尋找神或神話的蛛絲馬跡，重構家或者巢穴的意義。但這些標的物是真是假，有或者無，未必十分重要；在「敘述」的路途中，總有一些偶然的奇蹟。

4

敘述敘述裡有簡單敘述，簡單敘述裡有死亡敘述，死亡敘述裡有敵我敘述，敵我敘述裡有敘述敘述。

敘述就是生活。搭一次捷運，你或許是有目的地；但許多次加總起來，你就彷彿沒有了。ㄩㄐ大約是把寫詩當成無盡循環的「遷徙」，那些站名（敵我、死亡、簡單）都不是歸穴。最理想的詩可能還沒出現，風格也還在製作中。但他確實已經演示了「小敘述之於詩」的重要性，以及自己在這方面豐美的才情。

詩人疑似生於捷運紀元前三年，寫程式也寫詩，有文學批評的才具又愛製造怪怪的迷因。主知的詩學久矣不彰，我特愛他行筆時流露出來的分析能力，就連偷偷剪取一段黃金葛來培植，也能講出密細的道理。很多事情可能沒有道理，但用腦寫出來的詩可以賦予它們新義。黃金葛的母體與分身都在默默伸展，生活就是敘述。

據說列車「還會倒著回來」，車尾要變成車頭。

誰知道遲來的會不會是一名先鋒呢。

推薦序二

敘述而非救贖

楊智傑

正如詩集《偽神的密林》中的分輯名稱，這本詩集帶我們重新思考「敘述」這個在詩歌中簡單到幾乎被忽略的元素，所代表的新意涵。

首先，為了讓讀者專注於敘述本身，ㄩㄐ的詩是刻意去除外顯音樂性（因此多有不考慮內在節奏的長句）、去除隱喻（也因此清除了隱喻所指向的「此處之外」的期待空間）的。他的詩就在這裡，就要你在這裡，在室內植物、床墊、洗衣機、小黃瓜與冰箱的具體物件間，體驗自己作為敘事中可信、可感的部分：一個受困的人、一組受困的聲音。

但細心的讀者很快會發現，就像格里高爾．薩姆莎的家人聽見房裡的沙沙怪聲一樣，這種「可信」開始變形。如〈屬火的人〉：

瓦斯爐點不起來之後我聯絡房東換掉
住所的火從此就不一樣了（聲音、
觸感、現代化的程度）
一整個晚上我在廚房反覆地玩火
公寓被烘烤無比乾燥

我看見以前養過的金魚在偷偷摸摸蒸發
家門前的臭水溝蒸發
寫過的字在電腦裡數位蒸發

確實是新的了，我們都是

——〈屬火的人〉

虛構的火是虛構的生命；換掉了火
就是換掉生命

（中略）

身旁的名字都燃燒起來了
而我自然來不及打開水龍頭
這裡和那裡都是火
這裡和那裡都是我

從具體的情節（瓦斯爐點不起來去找房東）、到略為怪誕的行為開關（玩火），最後進入無可置疑的詩歌空間（以前養過的金魚再次蒸發），一步步誘人相信「屬火的人」的出現，很可能只是日常行為中一個差別／差錯所致。ㄩㄐ的敘事邏輯高度嚴密、事件細節具體，僅藉由前題的細微改變，讓詩與讀者的契約在可信與可疑間輕巧滑移，極大拓展了他主題選擇的空間。

然而ㄩㄐ的「敘事者我」和詩的主題之間，也總是存在某種疏離，抗拒的張力。這個敘事者一再延遲詩的完成：「是我們抓緊世界／還是世界拽拉我們？／我們不能移動／不能移動」（〈人造衛星〉）、「明日大雨，氣象預報說我們／還不是完全地愛著彼此」（〈氣象預報〉）。時間和空間上的「中途」感受，「或許會完成但還不是現在」的懸置感，以及出現數十次的高頻詞：城市和雨，使得這本詩集無可避免帶有中間偏暗的色彩。然而在ㄩㄐ多雨的詩歌之城，亦有少數短詩透出寶石晶亮：

他捧著一巴掌的水
試圖告訴我：
「世界上，還是有許多簡單的事物。」

我完全同意，
他的手溼漉漉的。抬起桶子
將屋門灑掃乾淨

——〈簡單敘述〉

簡單的事物在ㄩㄐ的詩中不常出現，然而一旦出現，其光芒足夠照透前後的低鬱灰茫，黑暗中具備極高辨識度。有些詩則在一個更純粹的思辨空間展開，逸離他給自己設下的敘述遊戲路線：「死去的螢火蟲，會變成星星嗎／這樣的問題，如此簡單／如同死去的石頭／會變成舍利子死去的肉體變成塑膠／死去的大腦／是沒人相信的靈魂」（〈死亡敘述〉），徹底的唯物會是悲憫的開始嗎？這種明快感非常接近李歐納．柯恩的短詩，柯恩在伯第山出家時，說他唯一不需要的就是梳子。

而詩集最後一首〈無意義之意義〉：

（前略）

讓我迴行，而僅僅是為了
迴行，節奏僅僅是為了節奏：
子丑一二甲乙丙 a b c d
月光打亮街道時我聽見你——

正切斷句子來建築結構
甚至打算永遠居住在其中
然而已到了詩的中段
我必須更直白揭露
我的思想：我沒有思想，我沒有
意義。我甚至熱愛
超級市場，一簍標準化的地瓜

（略）

不應忘記最好的譬喻
總是貫穿
整首作品：如同地瓜、如同淹水
如同這首詩
是多麼地像一首詩……

則概述了ㄩㄐ詩歌寫作的意圖，或者，對詩歌寫作意圖的抵抗。用形式的遊戲消解形式，顯示他是可以操作詩歌技術，去讓「一首詩更（不）像一首詩」的（這取決於讀者對詩的預期）。然而這卻解釋了為何他在多數作品中，限制節奏、建築、譬喻、乃至意義的操作，而使敘述得以完成——正如篇名和詩名中不斷出現的明示：這是一本敘述之詩。

敘述中有神嗎？還是神即敘述？如果敘述的功能是提供理解，那麼敘述的反面是什麼？《偽神的密林》作為詩集名稱，似乎直指詩人所擁有，只是有限的創造和詮釋權，距離詩的意義非常遙遠。在這裡，偽神們從不帶來創造與救贖，而僅僅是敘述。

但僅僅是敘述，對詩而言也許已經足夠。對世界而言，也許已經非常足夠。

序詩——28 裡面沒有愛情

輯一、敵我敘述

32 遷徙 ● 35 完全無聲的所在 ○ 39 街景：颱風將至 ◐ 43 敘述敘述 ● 46 溺水練習 ◑ 49 恆雨的城市
53 流星觀測季節 ○ 56 失神 ◐ 59 這座城市不快樂 ● 62 長且深且平凡 ◑ 64 不相信海洋的人

輯二、簡單敘述

70 無臉的神
72 山神之死
75 刑
78 氣象預報
80 疑問集
82 無光的圍城大義
92 抵抗睡眠
94 走回家的前面一小段路
97 肉體
75 人造衛星
104 針的城市與老人的公車
107 死亡敘述
108 神的海

輯三、死亡敘述

112 一座捷運站的廁所 ○
114 喝湯 ●
118 便利商店與老默聊天 ◓
121 公車的最後一排 ◑
123 黃金葛 ◐
127 室內植物 ◓
130 植草者 ◒
133 小羊 ●
136 敵我敘述 ◑
138 拍手 ○
142 劍魚之獵殺 ●
145 小刀 ◐
147 飽和宇宙 ◓
151 膠體、天體、運動 ◐
157 在海裡

輯四、敘述敘述

162 霧 ●
118 節肢動物 ◒
133 走在一條老舊街道的你的我死了 ○
171 巢 ◐
173 蜂占據的街道 ◑
177 狂歡派對 ◑
181 屬火的人 ○
184 深夜的游泳池 ◒
187 死湖 ◑
189 一次很小很遠的旅行 ●
193 密林：與樹無關的一切 ◒
201 海岸線：日出以前 ●
203 無意義之意義

後記——208 偽神的密林

序詩

裡面沒有愛情

陽光與夢，凹陷的雙人床墊
裡面沒有愛情
工作與遲遲不願
入睡的夜晚
裡面並沒有愛情
夏日的天空即將被卷積雲覆蓋

行道樹撐過上一次颱風
甚至撐破了柏油馬路
公車顛簸繞過一小片
與我們無關的城市（四手提滿
美式賣場幾個月分量食材）
悶熱潮溼的出租公寓
——裡面並沒有愛情

枯葉在盆栽的邊緣
落成一個圈——裡面——
洗衣機自顧自打轉——裡面沒有——
下一個熱帶低壓在海面成形、
增強——然而裡面並沒有——雨，會來
明天，會過

記憶會腐朽，而並不真的關於愛情

遠方抵抗幻覺的戰爭尚未蔓延
我們的行李已經排列門口。早班飛機
去年的舊照片來不及整理：
雨季，曼谷街頭
少女身穿制服在天橋跪坐
漏水的直笛吹奏乾燥的生活
我們行經她，我們看見她
我們假裝沒看見她
我們假裝看見她

輯一

敵我敘述

在城市角落採集聲音，紅燈流淌，刺穿
我的肩膀。一把來自異星的豎琴。

遷徙

發現列車沒有所謂終點站是在一個雨季夜晚
所有人都在對面等車：「還會倒著回來呀。」就像生活
有時占據一個四十五公分見方的位置
就是至關緊要的事

遷徙從來不曾停止
牛羚的踏足聲帶著雨

包裹起你的全身
租屋套房到公司到沒想法而遷就的小便當店
車廂漸漸被填滿時你猜想
他們也都是坐了一輩子的人

嬰兒椅課桌椅人體工學椅
所有人都知道列車會把自己載往哪裡
雨季。新生的草在腳底下隱隱抽動
你已分不清是地磁或者氣味或者基因編就的程式讓你
在島的端點擺盪
忘記家的模樣有時甚至
忘記家的意思

偶然如同斑馬路過金合歡地球路過神

你仰望米白色天花板試圖找尋星辰
卻看見他們在車站大廳
黑色格子邊緣找一個位置
行人繞過異國語言像行星碎片繞過肉體
——搬運照護、戴罪與受傷
有時因為意外，有時因為目光

隱形的疆界切分莽原
塞倫蓋蒂到馬賽馬拉
氣候錯置的大地終將被占據
你聽見遠方吉普車心跳般規律
更安心睡著了：「等一下還會倒著回來吧。」
任列車一遍一遍一遍載著你過站

完全無聲的所在

寄居琴弦底下的
玄武岩少年從沒有出生
把我的房間住成共鳴箱，在我的天空
留下圓形的火山口

我們把窗子都關上
任疑問彼此干涉：聲音是如何
凝固？生活是如何流動？

靜謐的神何時才會融化？
電風扇吹過耳邊，空冰箱運轉
租用的白色牆壁寫滿我們
從沒有彈唱出的樂句：

細雨逃離的汽車引擎
樓頂的腳步
不曾抵達的午後陽光、不應存在的幻想
他聽見，並試圖構築一種全新的
日常的旋律

早安、歡迎光臨、一樣、謝謝
仰賴重複的字眼生存

用頑固的單音學會
冷卻的共振頻率，玄武岩少年

每天跟著我上班下班
從早餐店走進防火巷
走進隱晶質的熔岩台地，走進

完全無聲的所在
地心的脈搏穿透水泥隔間
填滿介質粒子的空隙

直到熱水瓶在最高溫斷電
微波爐停止計時
聲音穿刺我、穿刺

玄武岩少年，沒有出生
卻成為唯一活著的部分

街景：颱風將至

行走在颱風將至的烈陽底下我平凡
且無意義；患著流行的腸胃炎，肚子裡藏針
手搖飲料店員，扶了扶自己的笑容叫號：
四十四號好囉
四十四號客人好了
——如果我們能這樣就好了、就好了

然而我竟想起了你，A·G，在正午的生鮮超市
冰櫃淨空，走道塞滿了人類
——泡麵！餅乾！小孩子奔跑！
每一塊肉都死了，還沒有說完這一生的謊
番茄鮮紅、小黃瓜翠綠
只根莖類還在冰冷裡活著
我路過：是我殺的、是我殺的

但是我平凡，且無意義；我們都是
借居明亮展櫃的異鄉過客，即期降價的紅標
商品。我穿過收銀台，提著滿菜籃目光而沒有結帳
什麼時候颳風？什麼時候落雷？
什麼時候宣布放假？噢　A·G
我路過一整排灰色的汽車，它們即將被行道樹

砸中或不砸中；被競選看板諧音
被招牌高飽和

而我嘔吐，並試圖用針
縫補自己穿孔的胃壁——預報今晚暴雨
城市的暴食即將
迎來一次偉大的腹瀉
A·G，你想，流浪狗都住在哪裡？

流浪的人，住在空蕩的騎樓
流浪的神（如果還活著），任由細雨沖刷，幾乎
被增強的風勢吹散；流浪的
我們，A·G，因路過廣場上一個盲眼歌手
決心一路走著音唱著老歌回去

並強烈地思念起故鄉：遠方
回憶密封保鮮的故鄉
——即使我甚至從未離家

敘述敘述

現在我將對你完全誠實：
這一切都是假的，包含
今早，我費盡所有心思
挑選的最便宜的麵包；便利商店
一罐極甜膩的咖啡
在美好的陽光下慢慢升溫
而我們不都是這麼悲傷嗎？

現在我將對你完全
誠實：一次假裝的死亡，與另一次
假裝的未死亡
一句真實的臺詞和真實的角色
在真實的分鏡真實的演出
而我們不都早已清楚
無意義的世界與
世界的無意義——

依然，今早，我費盡所有心思
挑選的最美好的陽光，穿過
兩片玻璃自動門

穿過一切敘述
一切敘述的敘述與無敘述的敘述
一切、全都只是
上班即將遲到的我，逃離公車
逃離斑馬線
滴水的騎樓
與緩慢的老舊電梯，想起公車上
冷氣吹過後頸

溺水練習

他在那裡練習溺水，爬上礁岩
以敏捷而小心的腳步
避開一切墜地的可能：「因為我是要來溺水的
專門用來溺水的。」他的身影在太陽下發光
沉落，也許濺起了水花
也許真的劃破了

世界的一小部分

他爬上礁岩，以困惑
而躁動的姿態。太陽傾斜了一點
海水拼湊出碎裂的光
世界也許永遠可以修補好；也許不行
我因距離太遠而害怕
伸出手一些重要的反覆性細節便被遮蓋：「我是完全
相信世界末日的。」我大喊，並且確知
空氣裡每顆粒子都同時吸收著能量
一些事物永遠亡佚了，一些思想
無論有沒有降生

等他練習熟了，便將忘記跳水的姿勢

而再次驚訝於疼痛也說不定吧
——我無用祈禱。

恆雨的城市

1.

金魚決定離我而去的那天
我往盆栽澆水
空蕩蕩的玻璃缸
被遺忘在捷運車廂的雨傘
還在城市各地陰乾

我往盆栽澆水、
蓮蓬頭前段的水
金魚成對地離我而去
不發一語（倘若你懂得
金魚的語言，倘若你也
發覺，有時說話
與不說都是同樣一種含義）

2.

游泳而過的金魚、送出
便註定過時的照片和心情
必須撐起傘，撐起一間
水氣常駐的浴室

所有人或多或少淋溼
並在家裡長出強壯的根
車廂內的孩子
早已經忘記不溺水的方法
我們試著教導，同時用盡全力漂浮
恆雨的城市
天橋上的魚群持續
擠過彼此的生活
溺水始於游泳
每一隻魚都有同樣一種死因

3.

列車來回，沒有一站是終點

我們累日打卡維生
像一段不停重複的旋律
在鰓間流進流出：
呼吸、游泳，靜止處
城市在地底織起網
遺失的語言重新成形
盆栽日益茂密
雨傘仍搭乘某班列車旅行
我坐在葉片底下的陰影
看見一段無可驗證的未來
看見它切斷自己的根
溼漉漉地走出浴室

流星觀測季節

又是燃燒的季節
我們在房間裡試著生火
日子吸飽水氣
貼滿牆面，竟感覺
一切關於火的都有了生命
我們觀察細煙扭動
昨日的合照重複上傳

每一張都有同樣一道陽光
同樣一種笑容
我們活在其中而感覺安全
我們觀測，且被觀測
流星照亮天空
它們都曾在某處爆炸

被引力拽往地球
被大氣摩擦

又是墜落的季節，又是
一次大規模遷徙
許願，而甚至來不及落地

回到房間看見火
已經自顧自生起來了

失神

神在照看著我們
如同貓照看著整間客廳
桌腳重又長出新的根尖
我們完全失神
一下午光影
在牠的掌下誕生、消逝

且驚覺自己多麼像牠
穿梭在不同的房間
公車座位與辦公室的椅子
沙發與床，永遠充滿彈性
日子沿著牆壁攀爬
像一種藤

葉隙的幽光裡有神
塵埃被收集在
未完全舒展的幼芽裡頭
陽光被封閉在密林外
昨天的我抄襲
今天的靈魂

光合作用也
習慣了開燈的時段
有時竟感覺
自己就是迷失的神
多麼像牠
憑著本能與陽光搏鬥
直到天黑
再一次宣判勝利

這座城市不快樂

這座城市不快樂
我們為了抗議噪音
而發明噪音
晚上突如其來的大雨
冷氣遲遲不運轉
冷氣機上方的鳥巢
也又溼又冷嗎？

這座城市不快樂
我們為了停止憂傷而憂傷
為了飛行
而定義一片天空
月球在雲層的後面
路燈打進房間

這座城市
文明與火焰都被妥善藏好
在夜晚的另一面燃燒
煙不經意飄進
趁著黎明交界逸散
彷彿突然來襲的記憶

彷彿我們一直不說
便無從發生的情緒

我們反覆翻譯
自己的語言
像是淘洗、像是更瞭解彼此
像是距離真理
又更近了一些
清晨屋簷滴著雨
我彷彿看見一隻雛鳥
溼答答地正要學飛

長且深且平凡

太多了，那些拳腳
一般的落葉、斷枝
我腹背瘀青，肩頸痠疼
任何一種睡姿
都不可能逃離的夢境
在墜落之初仍維持鮮綠

第三層的風雨
在第二層寂靜。被派遣至此
的貘也都睡著了
困在另一場無人說話
也無人傾聽的雨中，牠的夢
和我一樣清晰、幼嫩

溢漲的河道
死亡只能如霧，在這裡
雪鴞穿越夜晚、早晨。我一點
一點從嘴角餵食，牠的腳邊
芽尖因沛水挺直

不相信海洋的人

持續兩個禮拜的大雨
整座城市浮了起來
我站在舊公寓的頂樓
撐傘，雨水在鞋底蔓生
沿著褲管緩緩攀爬

你乘著浪過來

遠方隱微的天光恍若有神
你在騎樓裡吃飯睡覺
路燈打亮身體

雨再下一夜就停了
城市的居民
相信洪水與神啟
相信船，相信如今只要
建造一條海底隧道
就能抵達遠方

我們沿著新的洋流漂行
沒有人知道方向
甚至沒有人知道

城市正在悄悄移動
我日夜記錄星辰的變化
腳底的細胞
分生為液態的根

你沒有告訴誰名姓
不談你的家鄉
不談記憶，只說自己是
不相信海洋的人

直到水完全構築我
氣候與星圖
歷經第三次官方修訂
昨日的生活成為明日的神話

年輕的人們
遺忘每個關於遠方的字彙
傳說裡你乘著浪離去
雨又一口氣降下來了

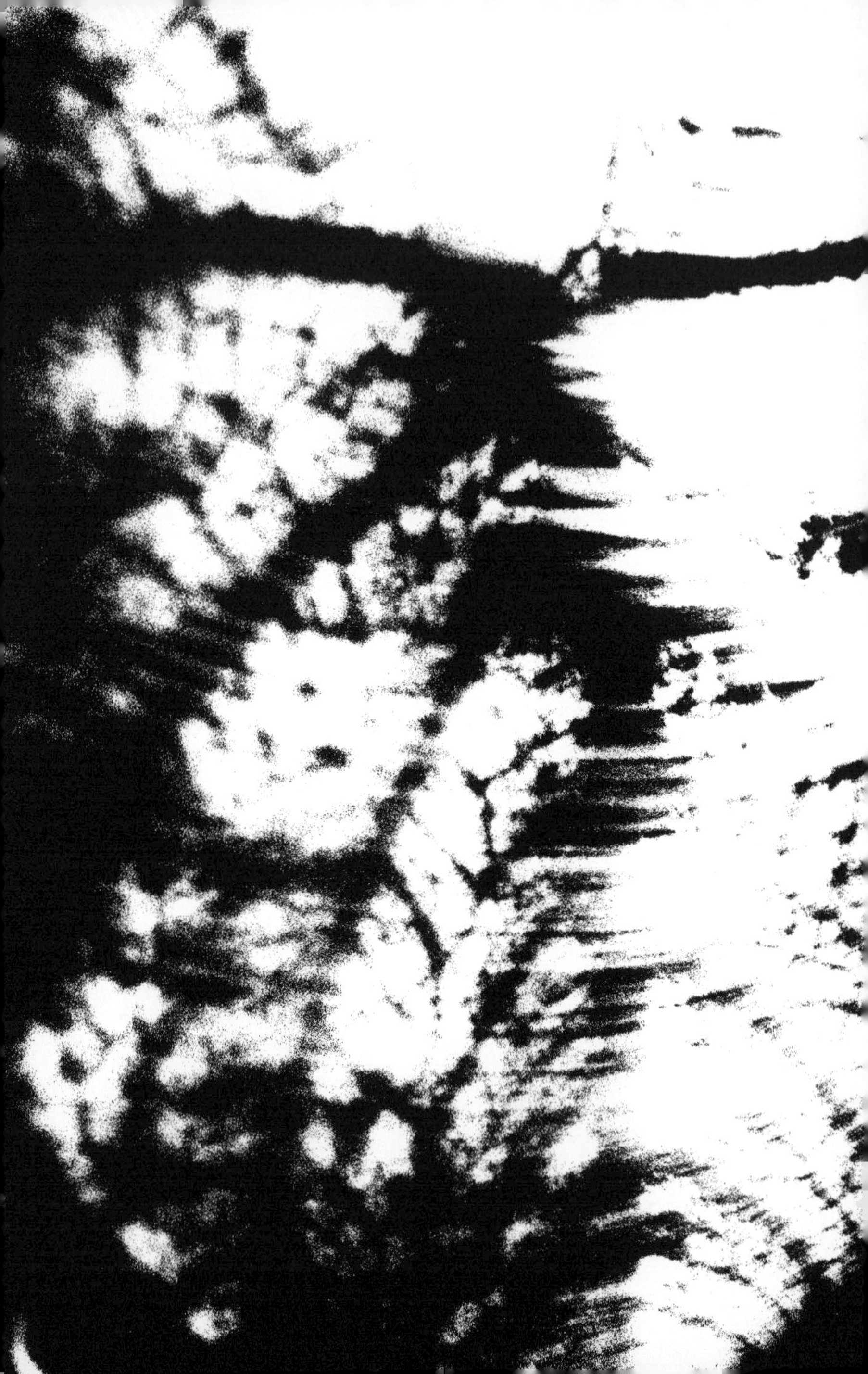

輯二

簡單敘述

撥奏自己，連續單音包覆我。一陣無
預警的風裡，我為每一片落葉命名。

無臉的神

堅壁戰，無臉的人
用火去對抗淚
用空拳去對抗赤手
用裸對抗子彈
無臉的普羅米修斯

撐起燃燒的傘，照亮
每個不被允許
擁有一張臉的人
南方，痛苦的神展翅
在霧和灰燼裡重生

*記錄 2019.11.13 港警攻入中大

山神之死

滑行於森林的深處
幽暗之處有微光
我想踩在自己的土地上
櫻花剛剛凋謝
樹葉遮蓋了天空

軌道迂迂迴迴爬升

遠方傳來水聲
落葉的氣息與杉樹的氣息
我循著水的源頭
泥土無法弄髒我的雙腳

雲海的上方是太陽
早晨有些寒涼
如果還記得那一首歌
春之佐保姬呀
我正輕輕呼喚你的名字

佐保姬、春之佐保姬
今年的春天
怎麼來得這樣遲？

這樣地急，青苗來不及長大
山羌來不及躲藏

太陽高高地昇起
天空被染紅
又是全新的一天呀
我真想再穿上你手縫的
白色的襯褲、白色的方巾

刑

夏日午後的泥巴地
球鞋被完全浸溼
手握著一根水管
另一端通往地心

滾燙的星球的血液
從手掌心流過

我捏得更緊彷彿
很重要的神諭
正被導引出世

熔岩灑在地面
泥下陷得更深
我把一隻腳奮力抽出
感覺整個世界
確實已經溼得無以復加

以前說過的話
以前想做的事
以前聽不到的音樂
在我的腳邊流過去、流過去

我看見知識即罪惡
螢幕的光亮淹起
攫住所有人的腳踝
踩著甫凝固的岩面
我用力打了個噴嚏

氣象預報

雨季裡出太陽的日子
城市的淹水正在緩緩蒸發
人們把所有衣物拿出門曝晒
赤裸的肉體上汗水凝滯
昨日爭吵的記憶一般
溼熱的午後，蚊蚋在水中產卵
我們提前聽見明日的噪音

吸乾了明日的鮮血
明日大雨，氣象預報說我們
還不是完全地愛著彼此

疑問集

你在那裡，而我
不知道怎麼呼喚你
已經是微涼的冬
晴朗的天空，飄著最細的雨
現在我們都得誠實了

該怎麼辦？

解放了黑夜怎麼辦？
失落了幸福怎麼辦？

如果我們出生
卻無法選擇出生該怎麼辦？
末日怎麼辦？真理怎麼辦？
過早認識世界怎麼辦？

如果我愛你
而你也愛我，那怎麼辦？

＊2016.12.03 寫於「下一代幸福聯盟．百萬家庭站出來」反同活動後

無光的圍城

無光的圍城我又看見
北方的克拉肯

捲起一座島
鮮藍的雨霧、刺鼻的謊
一場催淚的儀式
還有沒有角落可供呼吸？

還有多少火
還在燃燒？午夜來了又過去
玻璃的浪花碎落
一地；你說，昨天從來不曾結束

無力的人安慰無眠的人
無語的人看見
無神的裝甲部隊咆哮：痛苦！消失！

死的覺悟與殺的覺悟，一場
全屏螢幕的儀式
降靈全城
城外，海之彼端，一些人哭泣

一些人焦急：還有什麼
是超越時間的呢？——我們是
無火的火，我們是

無星的星空、無明的黎明
灘雲緩緩移近
鏡面反射海上一道閃電而我們
用肉身書寫，用書寫記憶

用記憶反抗密實的暗流因為昨天——

昨天從來不曾結束、
昨天從來不曾結束……

*記錄 2019.11.17 港警封鎖理大

大義

1.

舉頭有神，我們在淺水划行
繞圈。日子揮發
包覆我們的肉身
傷害是光傷害是黑暗
傷害是金屬敲打在我們的背脊

日子鑽進腦袋；日子
含氯。日子是消毒是潔淨；神說
死亡是不義
活著是仁慈生命

生命即痛苦。生命是
划行、繞圈；生命
被困於殼中而殼也被困
於殼中。生命是一炷線香
屬灰的掉下去
屬煙的升上來

我們是屬火的生命

在水裡燃燒、燃燒、無以滅盡

2.

舉頭有神，神上面有神
神每日餵食
神每日清掃銅幣
活著是大義；祂們說
活著是觀光特色，是宗教民俗
活著是靈

死去是鬼。我們把雙手撐開
便摸到墓穴石壁
鯨骨與珊瑚

——沒有誰能真正逃出水域

神建立自己的居所
溺於飄舞的灰中
不遠處是海
我們沒有請求上岸

3.

舉頭有神，橫渡不了的海
都變成多傷痕的殼
夢裡面海水柔軟易碎
夢終時爭吵
提示彼此：清醒更接近生命

生命即痛苦。生命是
繞圈、划行；生命是——
適應、變異、演化；如我
從海棲動物
逐漸穴居，即將
成為土埋的化石

地底，時間的令符綑綁我們
許願池邊一個足夠安靜的夜晚
恍惚聽見海風與浪
聽見信仰擋下的砲彈
聽見進出的腳步聲
窸窣像是念誦起咒文：

千秋聖誕萬壽無疆……
隨意樂捐功德無量……

澎湖大義宮，以保育與文化之名，八隻海龜被迫擱淺於窄小不通風的地下室水池，成為觀光特色景點。因池中央標示為許願池，遊客不時投擲硬幣。經數十年，大義宮屢次面臨質疑，稱一切合法，正在改善環境。

借此詩得獎之便到了澎湖，並拍了幾張照片傳給「台灣動物社會研究會」。感謝他們的努力，二〇一九年，大義宮海龜的生活環境，終於第一次有了進展。八隻海龜將由獸醫師管理營養，並分兩批，輪流到空間大得許多的海上箱網吃海藻。

抵抗睡眠

長久我行
那抵抗睡眠的事
褻瀆的小軍艦鳥
抵抗神
抵抗安穩

掠奪——我的幼年掠奪
我的現在斷裂而不
完整
小軍艦鳥
只能飛翔於水面
與天空之間
抵抗睡眠、飛翔、
不斷縮小、縮小

走回家的前面一小段路

我拿一個標準
僅僅一個標準來衡量一切
空氣就髒了

切分城市的河
鈍而扁平

我在乾燥的夜晚行經霓虹街道
抬頭挺胸
風吹過我的汗水

沒有人在看我

天空變得矮了——你看
是誰在鹹酥雞攤前暢笑
爭吵
我的心變得窄了

即使沒有洪水
也持續浸泡的生活（都皺了）

我命中註定要穿它

愈發感覺孤獨了

肉體

我把洗好的衣服都收進房間
昨天的傘和
半乾的思想晾在門口

天氣愈來愈冷了
即將下陰陰的小雨
我們更費力說話

穿上更多衣服
把自己裝好，按照順序
太陽包裹黑暗
黑暗包裹太陽

人造衛星

你聽見什麼而
忘記自己的名字？
居於亞熱帶的、
高海拔的神
生活總是悄悄飄散
你也聽見過
地心的脈搏嗎？

窗外也許有雨
我躺在逐漸
不陌生的床上
準備明天的旅行
幾乎像是浮著
幾乎像是可以
對抗一顆行星的自轉

感覺雙腳長了根
我的末稍
神經被熔岩灼傷
全新的生命的痛楚
在整片大地蔓延

你是一隻脫隊的野雁
逆著磁力線的方向
飛行，有時是為了躲藏
有時僅僅是因為長了翅膀

因為過於微小
而被化約的我們的移動
因為過於巨大
而無法成形於這個世界的
我們的靈魂

應該移動到哪裡？
月球拖引潮汐

地函黏滯板塊
尾羽擾起的紊流片刻
消散在本季第十一個颱風
新聞在明天被忘記
預報躺在檔案櫃
與終將壞軌的硬碟

（風在耳邊摩擦，你能聽見
地球自轉的聲音嗎？）

是我們抓緊世界
還是世界拽拉我們？
我們不能移動
不能移動

在一塊移動的土地之上
此處多地震
如果終於找到
預測的方法

我們歷經彼此的災難
沿著狹窄的軌道運行
把靈魂拖成一個圈
把自己困在裡面
飛行只是一次
極漫長跳躍嗎？
明天又有一顆人造衛星
要被拋向外太空

針的城市與老人的公車

我看見
滿車子老人
正前往
我未能參與的祕密集會
他們不曾說話
僅站立

我不敢注視他們

我真怕
吊環搖動
廣告洞洞貼
天空在下無色的細雨
我不敢注視他們

我真怕
滿車子老人
聽見我心裡的音樂
（這裡將被毀棄……）

音樂穿過我的毛孔

穿過車窗
是針
建築外面

死亡敘述

死去的螢火蟲，會變成星星嗎
這樣的問題，如此簡單
如同死去的石頭
會變成舍利子死去的肉體變成塑膠
死去的大腦
是沒人相信的靈魂

神的海

囚禁在這個世界的
神與偽神

建造自己的屋頂與門

在神的海邊
用神的海浪

一切所需似乎都已備妥
悄悄紀錄在每一顆
構築螺旋梯的核苷酸

有一些海渡得過去
有一些

通往新且密實的板塊

神的海不能夠解釋
神的海不應被解釋

輯　三

死亡敘述

是神的指引。無色的夢。我的指尖開
始滲血，柏油路長出灰色的九重葛。

一座捷運站的廁所

他把褲頭拉下來尿尿感覺每日
逐漸肥大的肚腩緊緊貼住他的棉質T恤
這真令人沮喪
整座捷運站的聲音都亂
他想或許根本不應該這樣
並不應該是這樣

美麗的旅人沿著走廊邊緣來去
穿梭日漸熟悉的異鄉甬道
地底的震動
在每一顆未被緊密壓實的砂礫之間反覆擺盪

很可能世界是鬆的
感官是緊的
時不時回憶起遠方一個失敗的高科技地球
他是多麼努力成為一個更好的人

在更好的居所
吃更好的食物
穿更好的衣服
聽更好的音樂

身材修長的陌生人等待列車進站
警示燈把他們的下半身染紅
他聽見自動沖水的氣閥聲
走向月台時捷運站更明亮了
很可能感官是假的
而神是亮的
他知道出了站也一樣
明亮而且吵——

捷運站更明亮了
捷運站更明亮了

喝湯

有時候豚骨拉麵，有時候魚丸湯，有時候走到巷子裡頭，點一碗大骨肉河粉。但今天，你外帶牛肉麵回家。天氣太冷，時間便浮了起來。

你在桌上鋪一張報紙。今天的報紙，停著昨夜的蚊子。你拿出電蚊拍，再拿出筷子夾起牛肉。
天氣太冷，時間都緊縮起來。
這時賣蚵仔麵線的阿伯正推出
車。馬路很空所以很冷，像是
你的冰箱，永遠只有一罐牛
奶，總是過期後才喝完。那些
不喝湯的日子離你很遠，你突
然清楚感知到氣溫，城市凝成
一碗湯，湯的表面結霜。
整碗麵被你拿去加熱，直到你
能吞得下口。直到你被燙傷，

用不新鮮的牛奶冰敷。
蚊子也喝飽了牠的湯，終究要
死在你的手裡。洗碗時聽見牠
向你詢問：「我們其實，都不
太懂怎麼喝湯對吧？」

便利商店與老默聊天

老默是個有趣的人並且
受到所有人的喜愛：
參與每一個午茶團購
關心你的病或週末計畫
在員工旅遊的車上擔任主持人

老默是個有趣

並且試圖有趣的人
記得誰愛吃肉桂討厭香菜和蔥
記得專長而不記得缺點彷彿
他的腦存有一張姓名特質對照表
有時你也想借過來翻找查閱

老默確實是個有趣
並且試圖有趣的好人
當時我們在深夜的便利商店
一罐便宜奶茶和一罐日本奶茶
談論一些死亡啦、時空啦
語言、思想、愛
以及那些我們都記得卻並不懂的事物

大夜店員的朋友進來又出去
巡邏員警進來又出去
回家的末班公車駛過去
便沒有再出現
老默說，在這個時候
僅僅當一個好人
是不夠的了

我不很懂他的意思
但在這個時候
僅僅當一個好人確實是
不夠的了

公車的最後一排

你在公車的最後一排試圖把今天的生活剖開
明知道不可能成功
單純很想再看一次燒餅和便當和
午茶的團購泡芙；你翻出背包
中途並因太過費力而撞到隔壁的老奶奶

公車急轉彎

世界在生活邊緣變形

你清楚看見時間被灑了出來
甚至捲起一些未代謝的咖啡因

如同老奶奶那串幾難辨識的聲音
——哎我要下車我家到了下車——
你已經把今天的生活灑得到處都是了
竟然感覺一點安心

拖著溼淋淋的髒襯衫
你清楚看見你的家並不在裡面
已經什麼都沒辦法挽救了
你竟然感覺一點安心

黃金葛

偷偷剪下一段黃金葛，插在水裡。趕快長根吧，我近乎祈禱。

節間焦黑的短枯枝，兩天後突然長出幼嫩的根尖。米白色，看起來柔軟脆弱。我驚訝。我知道不是每一具衰老的軀體都有重生的機會。盒子放在窗邊，下午有陽光，晚上有燈。根很快地蔓生了開來。

母體仍懸掛分租套房的大門。它們共用同一個靈魂嗎？如蛛網一般的，不可見的細絲線，就此刺穿我的房門。我感覺高於生命之上的力量在房間充盈，新的葉子也長了出來，嫩綠蜷曲。

然而靈魂的降生，實務上如何操作？或許分裂、或許複製，生命突然廉價了起來。也許靈魂不過是飄散著的、待受苦的碎片，隨時等待重生。

母體的主人不久後搬走。

我把母體接到房內，繼續剪下枝條，插在各式各樣的瓶裡。

如果放在陰暗的浴室，它們便生長得保守；在窗邊便追著光恣意盤繞，因著藤蔓的本性，扭曲、湊合出一個最適於接收光線的角度。

入睡前我感覺自己也在關節長了根。要抓住地面了，我拉扯著，不很用力地，不帶損傷。居久了自然長根，而長根了都會想飛。夢醒後望向窗外，穿衣、澆水。對於廉價的生命，我們認識太少。

室内植物

鬧鐘響了
手機在充電座上
7:40，滑了 22% 電的公車
到公司，早已不是飽滿的自己
咖啡機稱職
填補生活的縫隙
噪音與問候

一些存活必須的細微波動
都被倒入盆栽
我在隔間
藏起 10% 電力
那是我每個早晨
私密的能量補給
取之於社會
用之於照亮
我的臉孔的一小部分

接一通 5% 電的客戶，另一通 8%
我把螢幕亮度調低
世界歸於黑暗

午休的盆栽是否仍汲汲營營
光合作用？

下班回家，看了 15% 電的 A片
蓮蓬頭暴漲，打了
20% 電的遊戲
藍色的聲音警告：
「電力不足。」我便選擇
低耗電模式
繼續剩餘的人生
將入睡時，模糊地考慮：是否
買盆好養的
室內植物
回家呢？

植草者

家鄉的草已經長到了人高
我猜想：他們是故意的
每日澆灌
悉心養育的迷宮
房屋位處中心
在此可安穩入睡

我猜想
野生的草食動物是否終將成為
草原的私密收藏？

現代化都市
潔淨整齊
世界靜謐無聲
在此可安穩入睡
草原茂密，有時
沒有誰是故意的

我們鎮日泅泳其中
偶爾因此溺斃
牛與羊與長頸鹿與斑馬

只一次祕密會議
便決定遷徙
到一個沒有草的星球

小羊

放任一隻
生著短角的
小羊亂跑
是我一生最大的失誤

為此我得拜訪
前天的我

為昨天的我
鞠躬道歉
你怎麼會
這樣冒失呢
他也許將帶著
部分不解神情這般責備

羊都還沒長大
草原上食物無虞
我卻是註定要死了

我必須盡力找尋
希望牠別誤吃了
原牛或大角鹿的

專屬植物
希望牠的角
尚未變形
外擴、分岔或是捲曲
且在死後
遇見前天的我時，能夠
牽著留長了白鬚的羊說：
牠長得很好
我們不必
再養下一輩子的羊了

敵我敘述

我要與世界為敵。
一次濱海旅行，我聽見
一隻海膽叫嚷

自己是自己
最大的敵人。老漁夫捧起海膽
牠豎起刺，縮身刺往自己

我不曾質疑
自己何時聽懂了海膽話如果
我們所見的世界都是自己

一隻隨地大小便的海鷗
飛過礁岩岸
飛過我們頭頂：

我沒有敵人
因為我找不到自己。

拍手

「我把牠寄放在你這。牠很可愛，很乖。不過不要在牠耳朵旁邊拍手，牠會嚇到。」我還是拍了手，看牠轉頭，跳起來的樣子。笑。再拍一次，牠再跳，四隻腳往左邊併，脊椎順勢噴了出來。

「死了？」才拍個手就這樣。

我想到國中朝會，都要拍拍手，因為這樣有人會得獎。那時候暗戀一個學姊，除了她，我都只是左手摸摸右手。做做樣子。牠倒在地上，舌頭垂在地上，毛攤在地上，脊椎在三步路外。

死了，我要被罵了。

可是牠還在看著我。眼瞳像打翻的咖啡，慢慢擴散的病。脊椎不動。聽說有一種傳統療法，拍打拍打病就會好，所以我拍拍手。黑色的眼瞳流向我，鬆弛的單邊的嘴，裂開，像是在笑。再拍一下，嘴角裂得更大。

我想到國中理化課，教過科學方法。所以這次做做樣子，右手摸摸左手。牠不笑了。活著怎麼能不笑呢？國中第一次看片，很為哭喊著的演員難過。她們需要有人拍手。所以我急促地連環地拍手，為你而拍，為所有人而拍。牠又笑了。我的房間充滿了笑聲。

劍魚之獵殺

搭上一艘遠航的船
捕獵劍魚維生
魚肉為食，魚鱗用於裝飾
鋒利的長槍則適於刺殺

（把一隻劍魚的脊骨
抽出來

放進一隻傘旗魚裡頭——）

回航，岸上
一艘腐朽的木船
吊掛成排風乾的劍魚
有人拿我們的屍體
成立一個部落
你願意獵殺自己嗎

（我想要把你切成一半
切成一半，再切成一半
直到你不再真的是你）

那是你也並不是你

倘若你望入鏡子深處
一張沒有名字的面容；倘若
瞳裡，你看見
無限個自己
來自未來也來自過去
——你願意獵殺自己嗎

以劍魚的長吻
以深愛的長吻
獵殺自己

小刀

小刀都是鋒利的，眾所皆知
我們愈長大就愈鈍
僅依靠體重和蠻力
剁砍命運

（不可知論者
懷疑一切，乃至於

刀的實在性；刀的
連續性與不可分割性；命運
如何被切分？砧板、
刀鞘、磨石都虛假且無謂）

我們需索劃分，鋸或只輕輕
一次擁抱
血不可避免地流出來了
那是我們說過的謊：
生命的意義是癒合
生命的完整是——

飽和宇宙

有時候感覺，房間已經飽了
再也不能吞下
任何蛋白質
我便靜靜，聽著它的呼吸
等它的飽嗝
數它蠕動的頻率

則此一微小的空間
便足以自給。我在其中
藏了自己設計的宇宙
光穿過正方形的窗
漂流的星球
在我的頭殼外圍環繞

（事件短暫而遙遠
始於黑暗，終於黑暗）

我在低重力的環境
上下浮沉，靜靜，聽它的呼吸
角落的水藍色星球
才歷經隕石撞擊

便開啟了戰爭——遙遠，而短暫
我無暇記錄每一朵雲的形貌
（柔軟或烏黑、薄透或如蕈）
胃液已經在翻滾了

（我盤坐著打轉一圈半
始終未曾聽見飽嗝）

那便很好——要是一直
很飽，那便很好
時間之於我設計的宇宙
有著微妙的裝飾意義
一切都在泳動
水藍星球的居民將觀測

旋轉的弧形軌跡在時間裡擺盪
（他們稱作歷史的，消化器官運動
隨著房間肌肉鼓縮不斷循環）

故我得以靜靜等待
一次顛覆性的推進
等待足夠好的火箭啟航
於黑暗，停泊於我的胸膛
等待下次，喔那令人期待的
毀滅的吞噬——

膠體、天體、運動

游泳，在夜晚清澈透亮之際
人類尚未誕生，星座
尚未以抽象的符碼，原始而極簡
串連神與歷史、恆星與恆星
我憑著純粹的自然本能
划水、踢腿、划水、
踢腿。天體繞行

在夜裡，一場覺悟的爆炸以後
#82 號宇宙即將開展一次
水藍色的航程；游泳
當星星初成形
當閃焰生猛而黑暗真實

膠體。非勻相混合物。分散、
疏離即使靜止，於偶然茂密的
下游平原。她熟練迅捷
包裝以語言，以知識
以湛藍的意念與蒼白的粉筆灰

文明與非文明。龜甲綻裂
草莖用以翻譯、

串連，數字與命運
那時陽光壯碩，獵戶尚未死去
羔羊肥美、潔白，我在岸邊
驚覺已經是數不清
幾個光年外的沙洲了

我們微小而仍易於被看見
如陽光下的粉塵。牛奶。咖啡
與墨。卜筮手法迅速退化，文字攤於
日益細密的紙上
色彩絢麗。仍未沉澱，因有
不止歇的碰撞、竄逃、隨機失序

我以僅存最詳盡的觀測資料

定序宇宙。天體卻迅速衰老
隱然，是被極力拉長的
布朗運動。粒子密集
無法拆分至最細
他們只好在海面游泳
此岸上的人們遠望，也一致同意
水晶球與大氣，都逐漸混濁

意念穿隧。每一團瑟縮靈魂
皆帶著相同電性，與不容
消解的肉身。如果有光
便漫漫然以乳狀的字彙
散射開來。如果，此時有電流……

如果此時有電流，包裝
以情感，以遍佈雜質的黑暗
世界便旋轉，模仿天體運動；
游泳，於幼小的焰裡，垂直的方向上
於預言停產的膠體溶液
她仍堅定地抖落粉筆灰
當星星不斷死去，再也不願轉生
當史詩如詩，神話神話……

注：

①膠體溶液：溶質顆粒直徑介於 1 ～ 100 nm 的溶液。例如牛奶、咖啡、墨汁。因膠體粒子帶同性互斥電荷，且做布朗運動，而能持久分散。

②廷得耳效應：指光被懸浮的膠體粒子散射。

③布朗運動：膠體粒子因受溶劑粒子各方的碰撞，而產生不規則運動。

④電泳：在均勻電場作用下，膠體粒子因帶有電荷而產生移動。常用於分離不同物質。

在海裡

在海裡每一次睜眼都看見黑暗
輪廓扭動
像是占卜那樣
我幾近斷言
從各種徵象解讀
（溫溼、速率、形變）
一些不應存在

或至少不能言說的

在海裡，因著人類的
陸地的眼睛
每一次黑暗都模糊、刺痛
像是你的過去
如果聚焦
就清晰且失真。是瞎眼的恐懼
串連我們嗎？
且結成一面銳利的網
捕撈暗潮
感覺紊流穿過
如在指間
那般接近真實

是在此時我才發現
我們的鍵結如此脆弱
你隨時會離開
而我至終無法確定
海洋的模樣……

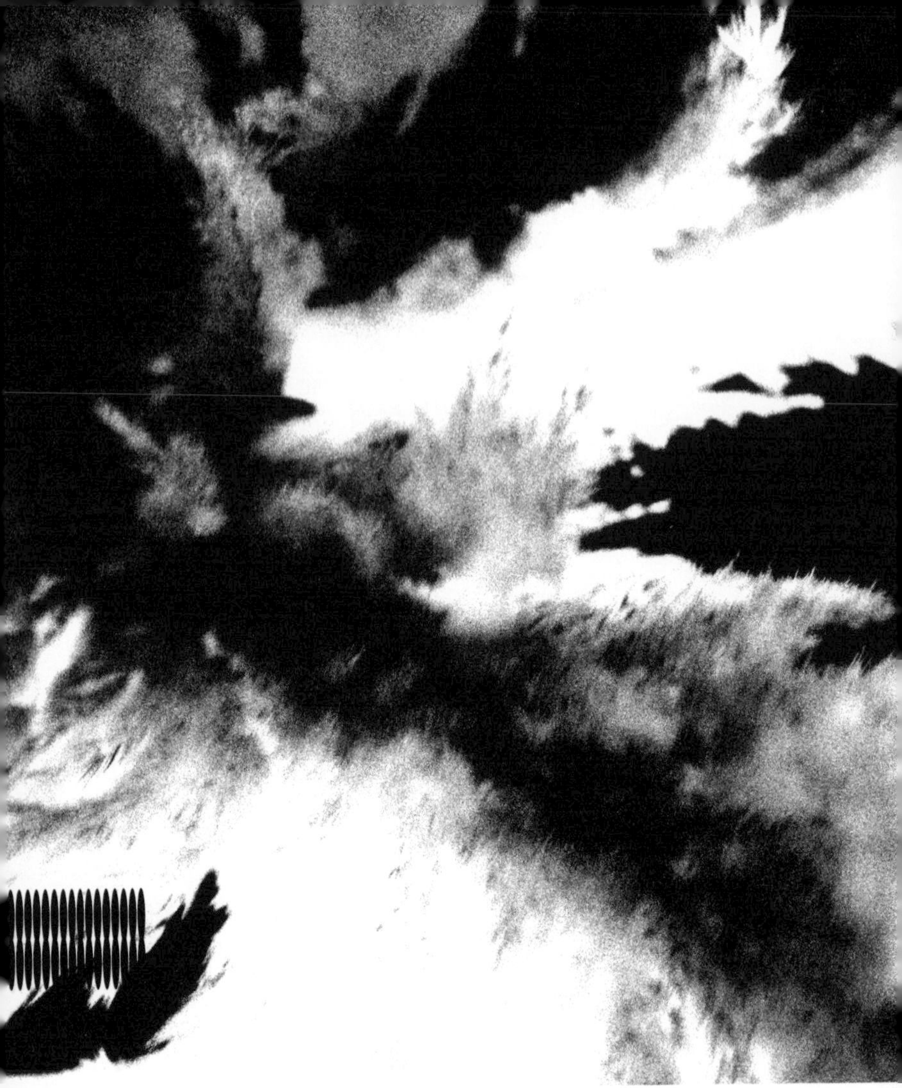

輯 四

敘述 敘述

音樂鑽入我的聲帶，逐漸束緊的減和弦， 攀緣每顆文字。於是我知道你在這裡。

霧

薄霧中無法辨認的時間
都被我們標示為清晨
行走，且不免沾著水氣
我們穿越各自的童年，昨天
被昨天的自己撥開，每次凝聚
都是全新的霧氣

如一隻大角鹿低頭
辨識同類。森林的氣味迷失
方向，從來不真的具有意義
生物學的分類。精神病理
的分類。一些概念永遠只能
相對於自身，東方是霧、
西方是霧；南方是霧、
北方是霧。

前方是霧。牠往地面嗅聞
一些回憶般的氣息打轉
近乎想像。這片土地不是真的，牠知道
遠方的叫聲也霧一般模糊
有時跟著水流，有時跟著蹄印

枯枝掛在小徑上空
落葉極緩慢沉落

陽光又透過來了
霧沒有變得更濃或消散
我知道你也在林裡的某處
持續穿越童年
行走直到忘記自己的模樣
忘記自己在找尋些什麼

節肢動物

我看見你窺視的眼睛
瞅著我的另一個肉體
近乎色情
我的三角眼也瞅著你
一群裸體的節肢動物

我看見你

沒有刀，卻有死去的語言
流在藍色的血裡（像針
你的液晶螢幕的複眼
流出複數的眼淚）

外骨骼老舊而堅固
你歷經的蛻皮
並不疼痛
有時想像細白的柔嫩的自己
便感覺世界更醜惡一些

而如今生活是更美好了
我也學會
妥善包裹內臟的技術

你還是一如往昔地色情
看著我，幻肢疼痛

我們的幻覺便構築整個世界
那是你目前所能想到
最偉大的事了
有時我竟那樣渴望
也成為偉大的一部分

可是幻覺不允許
真實當然也不允許

走在一條老舊街道的你的我死了

走在一條老舊街道的
你的我死了
一旁翻找垃圾桶的暹羅貓警覺
看著月亮
你的「我」便醒了

便跨過城市南方
一整排四十年老公寓
在其中尋覓還凝視黑夜的人

不真的人都睡了
行不真的儀式、說不真的預言

你感到懼怕
以為自己
將從稀薄的雲層墜落

你的「我」不

還沒有任何事據可供證明
是什麼被毀棄了
但是不真的人
明天早上依然起床

和真的人一起
在不真的儀式
與不真的預言之下生活

他們同等快樂
也同等痛苦
晚上各自回到
不同的家

巢

回家，我看見剛出生的幼燕
被遺棄於一座
詩築成的巢中
牠們張大著嘴試圖以
城市餵養自己

我提著冷掉的便當
構想這樣的句子：回家
我看見剛出生的自己……

蜂占據的街道

夢裡面的馬出現在你眼前時你一點也並不驚訝
你僅僅擔心城市裡找不到牧草可買
你是多麼習慣便利商店的生活
買了一顆蘋果
又替自己買了一個三明治

老舊街道上的

老舊的公寓大樓
好幾個酒醉的中年男女在門口彼此攙扶
大笑然後操著另一種專事於昏睡的語言
遠方傳來蜂群的聲音
你騎著馬經過
沒有人抬起頭來看你

如同夢裡出現過的那位旅人
你感覺一種深深
深深的去向遠方的需要
什麼是噪音？什麼是聲響和語言？
旅人，你確切記得的
交情深厚的夢中旅人
如今去了哪裡？

巷子的鐵皮屋前掛滿食肉植物
你在馬背上搖搖晃晃把今天看見的人通通寫下來
以極陌生難以辨識的文字
你描述他們等同描述自己
賣關東煮的小販
才剛打開燈，夜晚就又降臨了
他們在你的筆記本裡自顧自交談起來
聽上去像是各自的夢

三明治在午夜過期
馬卻沒有消失
哪裡是一切真實的盡頭？
你聽見他們談起了明天的天氣下一季的流行甚至相約
謀殺彼此時依然是一點

也不驚訝——他們是殺人蜂的人
你住在豬籠草的籠裡

狂歡派對

若此時降雨；豪雨
狂歡派對就要開始了
他們已經準備好飢餓、
乾燥、空曠、恍惚
與被什麼潑到
都不願意回家的
心靈雨衣

這樣還不夠
噢，遠遠不夠。若你決定
不只狂歡一個夜晚
請準備布朗尼、保溼液、菜圃
與濃縮咖啡膠囊；至此地
飛翔途中，請勿將頭手
隨身攜帶
請務將貴重物品
拋出窗外

或者，只帶著一顆包裹於
塑膠內的心臟吧，若你決定
活著只為

永恆的快樂
此時降雨、此地有無限的
極致精密的
快樂單位

不可分割，僅攀附於
一顆小凝結核
他們以最低劑量
最密集注射
寒天、熱汗、腿毛，與高通濾波

你不妨
加入他們。若你
長途跋涉而來

只為了永恆的快樂。或者
你可以慢慢緩慢進食
與我在此旁觀
此一荒謬至極之詩
的突然結束

屬火的人

瓦斯爐點不起來之後我聯絡房東換掉
住所的火從此就不一樣了（聲音、
觸感、現代化的程度）
一整個晚上我在廚房反覆地玩火
公寓被烘烤無比乾燥

我看見以前養過的金魚在偷偷摸摸蒸發

家門前的臭水溝蒸發
寫過的字在電腦裡數位蒸發

確實是新的了，我們都是
——屬火的人
虛構的火是虛構的生命；換掉了火
就是換掉生命

而新的生命都帶傷降世；你看
是語言正在傷害我：我的心智、我的血肉
我的住所
當我感覺孤獨，隨後
命名孤獨

一整個晚上我在廚房拼湊著火
試圖捏出記憶的形狀
身旁的名字都燃燒起來了
而我自然來不及打開水龍頭
這裡和那裡都是火
這裡和那裡都是我

深夜的游泳池

我看見你的我在你的紙上喊著
我，想要，我
想要，看見，我
看見一片浮板幾乎蓋滿整面水域
極瘦長的你的我比例失調的
你的，我從淋浴間走出來

這個時間不會有人來游泳，你便獲得
與你的我獨處的機會
磁磚地板在腳底下
你感覺冰涼

這個時間不會有人過來
路燈透過窗射散
你已經知道你無法進入完全的黑暗
就連刻意想讓耳朵進水
也不可能辦到

因為你的我甚至還在你的紙上
大聲唱起童年時自編的歌曲
整座游泳池充滿了回音

和那些純粹是想像不可視的
光子一同在空間裡懸浮

水太深了——或者太淺
你使勁把頭髮擦乾
發現自己仍舊沒能確定
你的我是否也感覺冰涼

死湖

在家鄉的湖裡游泳
年老而不很大的
湖裡，從這端游到那端
再從那端游到疲倦

上岸且全身溼透
苔蘚打滑

風吹得幾乎感冒
我坐下；我不想再游泳了

便這樣，於不存在的
日落前坐著
一年或十年
或只幾分鐘的時間
家鄉也像是幻想了
我看著湖面逐漸平靜
先是死去，然後才乾枯

一次很小很遠的旅行

你說我們去一個好遠的地方
意思不是逃跑或離開
盆栽不定時就枯萎
我的房間堆滿了落葉

我們跨過矮灌木叢
穿過暴漲的溪流

睡在林間，每一次翻身
都像是又回到家中
我們把行李忘在城市
記憶忘在河岸
笑聲和生命和死亡
就忘在偶然經過的崖邊

陽光帶著我們走向北方
你說，地球是圓的
我們卻終究要抵達終點
即使設法也跨越海洋
走上又一片陸地

走上凍原

針葉林的邊界愈來愈遠
指針紊亂
我們賴以為生的
對於顏色的判斷都失效
不經意抵達
地球磁極的端點
失去方向，就連時間
也得自己定義

多像日常
片刻被附加意義
意義被創造符碼

是在此刻你驚覺

一切遭遇
都只存在我的詞語中
冰山在我們的腳下融化
很慢很慢融化

密林：與樹無關的一切

你要在密林裡看見不曾倒下的那棵樹
沿著獸的足印，你要
撥開匍匐的莖、採集羽狀的葉
手電筒下蟻群逃竄，時間正鼓動；葉脈裡
無數個祕密緩緩流淌、消逝
你企圖以外觀分類——這就是你會的全部了

遠方的河流與樹無關，更遠方的城市
與樹無關；日常的噪音與你慣去的骯髒便當店
舊機車的刮擦、木皮的爪痕
正將夾鏈袋妥貼收入背包的你

也逐漸長出枝枒。岔路的閃光被風吹散
你調整自己至適於迷路的姿態（這就是
你會的全部了嗎？）
放下一整袋工具、理論書與求生本能追去
再一步就是夢境了
踩在不可視的邊界指認：枯葉的碎裂聲是神諭
泥土的氣息與夜晚蟄伏的密碼

想像的海挾著想像的潮音撲來

想像的城市挾著
辦公室茶水間滯留的耳語；
汽機車廢氣沒有機會逸散，而始終圍繞著你稱之
　愛與死與生活打轉……

這些都與樹無關。迷路的人
用事實捏造事實，意義尋找意義
沉墜在空曠的黑暗與光的核心
思想或非思想終究不再重要
你站立，同時泅泳於昨夜大雨的水窪
於你的童年，一架轟隆隆的紙飛機
遺失在一個雨天無人的巷弄

而我看見你，雙腳冒出細根

腋芽繞著指骨生長，逐漸木質化的喉間
彷彿仍輕輕顫動……

亞熱帶濱海的小鎮

神說，猜謎的時間已經結束
我們便獲得了
最新與最後的謎題……

關於旅行的種種思考
都在亞熱帶一個濱海的小鎮
無關緊要地蒸發。正午

行走於多沙的柏油馬路
僅帶著一個小後背包（離家出走一般）
和一瓶來自台北的水
——從台北的自來水管流出
用台北的濾水器濾淨、
熱水瓶煮沸
水喝起來帶甜味
像我們遙遠的幼年

我盡可能避免任何
大腦的產物
汗水一直流下來
也許就能
更徹底溶入世界

正午，店家的鐵捲門都半開
走過一間無人的小學
無人的舊唱片行
無人的郵局
文具店也空蕩蕩的
路和風都逐漸溼潤，像我們
正各自演練的文字
小鎮幾乎不位於哪個所在
而我僅僅是試圖找一個
能夠安靜坐下來
吃飯的地方

簡單敘述

他捧著一巴掌的水
試圖告訴我：
「世界上，還是有許多簡單的事物。」

我完全同意，
他的手溼漉漉的。抬起桶子
將屋門灑掃乾淨

海岸線：日出以前

我看見不遠的遠方
便原諒了腳下的土壤
有時在夢裡看見想像的海
多足的蟲啃嚙我的腳跟
多雨的城

每當，一顆沒有主人的星星

即將無聲爆炸
我便原諒了腳下的土壤
海的盡頭是太陽
太陽的盡頭

我聽見你，又聽不見你
看見你——在刺眼的黑暗
辨識星座而不擁有方向；行走
而不擁有足跡
海岸線
一把走調的舊吉他
不被誰擁有的聲音

無意義之意義

——誠實而較沒有詩意的小標：我是如何寫出一首詩

海水淹沒城市時你看見光
深夜，無人的超級市場
一顆浸泡著的地瓜
一群沒有道理的意象；若你
敏感而心細，並注意到我的行跡

請仔細傾聽
樂音，與稍嫌刻意的押韻
現在這裡暫時沒有——但等一下就會
出現，像是生活
在美與自由
之間，在意義與無意義之間

擺盪。若你仍執意
詢問意義，讓我拋出更多疑問：是誰
會在淹水時去超級市場？
是誰忘記鎖門？
地瓜將會腐爛或是長根？你將
因熟悉而厭煩，因厭煩而
學會飛翔的方法——

讓我排比、讓我複沓
在形式與更多形式之間
讓我把抽象的句子都放入
引號：「意義有時
是為了無意義存在。」
讓我迴行，而僅僅是為了
迴行，節奏僅僅是為了節奏：
子丑一二甲乙丙 a b c d
月光打亮街道時我聽見你——

正切斷句子來建築結構
甚至打算永遠居住在其中
然而已到了詩的中段

我必須更直白揭露
我的思想：我沒有思想，我沒有
意義。我甚至熱愛
超級市場，一簍標準化的地瓜
在一場大雨後
放棄了泅泳，而僅僅以皺眉對抗
那全世界的無意義……

（是的，無意義而無從推翻的
一簍地瓜；是的，
更斷裂的都放入括號。）

讓我使用標點，破折——
乃至刪節……

乃至分號；讓我在此宣示：為了無意義
而相愛著的我們
不應忘記譬喻
不應忘記最好的譬喻
總是貫穿
整首作品：如同地瓜、如同淹水
如同這首詩
是多麼地像一首詩……

偽神的密林

「這是熊抓過的痕跡。」

嚮導指著樹幹，我湊過去，納悶他如何能注意到這個細節。未經訓練的眼睛最多只能看見斷枝上的蕈類吧，我拿起單眼拍照，發覺嚮導和旅伴已經繞過彎道，自己落在最後。森林裡一切都危險。譬如昨晚，也在相同路線，我和旅伴披著黃色雨衣，打開手機照明，嚮導則拿了把超大型強力探照燈。

If the rain gets strong, we out. If the wind strong, we out.

（如果雨勢變大，我們就撤。如果風勢變大，我們就撤。）

飛蛾一直撲向我們的手機。嚮導指著頭頂的樹枝：The branches, dangerous. 意思是掉下來會砸傷人。If too much branches, again, we

out. 他操著堪可溝通的英文。
譬如現在，嚮導要我們細聽踩碎樹枝的聲音。是大象。
Elephant, dangerous.
（大象，危險。）
他描述曾被大象追而險些送命——如果是一群那沒關係；如果是一隻或兩隻大象，we out。隨後提醒，等一下遇到大象，不要跑，OK？
我們終究沒有 out。九月的京那巴當岸河讓人安心。是聽朋友的推薦，才訂了位處雨林中心的偏僻民宿。光是從山打根市區開車過來就要兩個多小時，一路上顯是順路到市區超市採買的民宿員工們說著馬來語聊天，我什麼也聽不懂，半夢半醒間看見擋風玻璃像幻燈片，一下從加油站切換到公路，切換到棕櫚樹，切換到森林間的泥巴小徑。
好像被綁架一樣。昏昏沉沉的我突然冒出這個念頭。
我們走到森林裡的空地。地面有果子的時候，坐上幾個小時，就能看到動物跑過來吃掉。嚮導看著我的相機：「那樣就能拍到很棒的照片。」

可惜現在果子並不多，大約再過一個月才會成熟。問起嚮導為什麼知道有大象，他只說是用聞的。

能不能聞出來，僅僅決定於時間與經驗嗎？

早晨漫走沒有見到期待的大型動物，倒是看了很多蜘蛛、蝴蝶，以及一隻在河裡游泳的鼠（很快就會變成老鷹的食物，嚮導補充）。中午前沒有其他行程，我們在民宿的躺椅上，望著河，身旁是七隻貓。

不知道為什麼，在這樣溼熱的天氣非常容易餓。民宿提供無限量鴛鴦奶茶，只是要當心放久了容易爬滿螞蟻。我一杯又一杯喝著，把時間花在貓與河，雖然有順暢的網路，卻自然而然地不想關心另外一個我所熟知的，線上的世界。

在一種全然的意識的放鬆裡，我長年接收刺激的感官終於得以紓緩。那並非童年時簡單的無聊，而是接近刻意的隔絕，陌生的置放。沙巴的雨林於我，應當是遙遠而無交集的空間，我卻在這裡找到安適的熟悉感。

有時我想，神也是在相似的陌生裡找尋。

可是，什麼是真實的呢？或者說，詩可以重現真實嗎？

我們花光身上的現金，盡可能把行程塞滿。A4紙上可供報名的生態導覽，幾乎都被我們所勾選，唯有一個並不便宜的「尋找大象」被略過，因為嚮導反覆打預防針：不保證找得到。

放下行李，套入雨鞋與救生衣，跳上下午的遊船。起初就算嚮導指著，也找不到長鼻猴躲在哪裡。漸漸才能靠自己的眼睛，發現幾隻藏匿著的、無人注意的鳥類。

隨後是晚餐後的遊船。引擎聲與強力探照燈，在一片漆黑的河道上突兀而侵略。嚮導一面開船，一面打亮一小塊山壁。我們除了船身什麼也看不見，只有當突然熄火，才知道發現動物了。

嚮導打起手勢。安靜。

他弓起身體，小心翼翼地把船往岸邊拉，然後揮手要我們擠到船頭，盯著灌木叢。

過了一會，我才意識那裡有兩只眼睛。

Flat-headed cat. 扁頭豹貓。嚮導說，這種瀕危的貓科動物，外觀長得跟家貓很像，但是生性害羞，所以非常難看見。我趨向前去拍照，不過幾次快門，貓就竄進了樹林。

太幸運了，嚮導直呼。這輩子只看過兩次。

在密林發現事物的能力，是少數人才具備的吧。但即使如此，窮盡一生也只能看到幾次 flat-headed cat 嗎？

他興奮地要和我交換照片，我這才發現因為光線太暗，加上伸長了鏡頭，只拍到模糊的、晃動的兩只眼睛。

忽然發覺，差異並不在語言，而是根本性的，對世界的認識。

很喜歡大象。幾年前在泰國大城，一隻象負著遊客停下，鼻子探入路邊的水桶，猝不及防把水噴向圍繞拍照的群眾。距離較遠的我得以倖免，卻不停思考：為什麼象要那麼做？

——因為好玩，或是厭惡人類？

——或是馴獸師的指示，鞭打與傷約定的密語？

從此之後我就很喜歡大象。

就像找大象行程，不保證能找到大象，燕子洞裡也看不太到燕子。倒是入洞前嚮導特別提醒，千萬別摸扶手，到處都是燕子大便。

還有蟑螂。不只木棧道，若用手電筒照，便能看見幾百隻吊掛在洞窟凹陷處的蝙蝠後方，如同水流一般的蟑螂在岩壁上游動。這裡是全馬來西亞最大的燕窩產地，我們觸目所及卻只有蟑螂。這或許就是真實。

成群的蝙蝠竄出，燕子洞外黃昏的天空，牠們盤旋，排列成變換的圖騰、未知的符碼。我大概永遠無法理解象的意志與蝙蝠的飛行，正如我永遠無法真正活在京那巴當岸河。三天兩夜的真實帶給我夢般的經驗，過往二十多年的夢境卻又感覺無比真實。因為真實是這樣一種東西：你越是追求它，它便離你越遠。

從燕子洞回民宿要一個多小時，我們必須早些出發，否則會趕不上晚餐。柏油路上下起伏，接近於遊樂園的設施，我看著天空逐漸被染上粉紫色，車子突然停了。

大象。嚮導說。

林的邊界，五隻馬來象低著頭吃晚餐，悠閒踱步，擺動尾巴與耳朵。另外四、五輛車也停了下來，沒有人說話，只是遠遠眺望，我卻好像聽見了神諭。此刻，我們心靈相通，觀賞著同一幅我無能判斷是否稀奇的景象。

那是一種純粹的、超越語言的凝視。一種無從捕捉的神祕性，一種我久未經歷的崇高。

天空在我們身後逐漸變暗。

晚霞淡去的時候車子重新啟動。

我們沒有去找，卻還是找到了象。

偽神的密林

雙囍文學 06

作者　ㄩㄐ

責編　廖祿存

封面設計｜內頁版型　朱疋

社長　郭重興

發行人兼出版總監　曾大福

出版　雙囍出版／遠足文化事業股份有限公司

地址　231 新北市新店區民權路 108-2 號 9 樓

電話　02-22181417

傳真　02-22188057

Email　service@bookrep.com.tw

郵撥帳號　19504465

客服專線　0800-221-029

網址　http://www.bookrep.com.tw

法律顧問　華洋法律事務所　蘇文生律師

印製　成陽印刷股份有限公司

初版 1 刷　2021 年 10 月

ISBN　978-986-06355-3-9

定價　新臺幣 370 元

國家圖書館出版品預行編目 (CIP) 資料

偽神的密林 / ㄩㄐ著 . -- 初版 . -- 新北市：遠足文化事業股份有限公司雙囍出版，2021.10

216 面；13×19 公分 . -- (雙囍文學；6)

ISBN 978-986-06355-3-9(平裝)

863.51　　110015496

本書獲國藝會出版補助 NCAF 國|藝|會